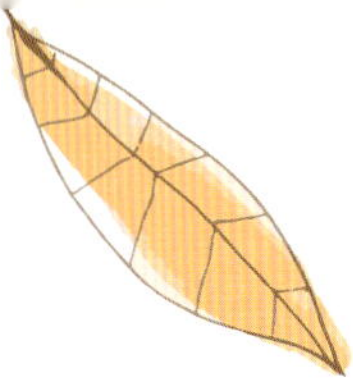

HERBSTSPAZIERGANG MIT RILKE

GEDICHTE

Jan Thorbecke Verlag

Inhalt

Jetzt reifen schon die roten Berberitzen …

Jetzt reifen schon die roten Berberitzen,
alternde Astern atmen schwach im Beet.
Wer jetzt nicht reich ist, da der Sommer geht,
wird immer warten und sich nie besitzen.

Wer jetzt nicht seine Augen schließen kann,
gewiss, dass eine Fülle von Gesichten
in ihm nur wartet bis die Nacht begann,
um sich in seinem Dunkel aufzurichten: –
der ist vergangen wie ein alter Mann.

Dem kommt nichts mehr, dem stößt kein Tag mehr zu,
und alles lügt ihn an, was ihm geschieht;
auch du, mein Gott. Und wie ein Stein bist du,
welcher ihn täglich in die Tiefe zieht.

Noch ahnst du nichts vom Herbst des Haines ...

Noch ahnst du nichts vom Herbst des Haines,
drin lichte Mädchen lachend gehn;
nur manchmal küsst wie fernes, feines
Erinnern dich der Duft des Weines, –
sie lauschen, und es singt wohl eines
ein wehes Lied vom Wiedersehn.

In leiser Luft die Ranken schwanken,
wie wenn wer Abschied winkt. – Am Pfad
stehn alle Rosen in Gedanken;
sie sehen ihren Sommer kranken,
und seine hellen Hände sanken
leise von seiner reifen Tat.

Die Zeit ist wie ein welker Rand ...

Die Zeit ist wie ein welker Rand
an einem Buchenblatt.
Sie ist das glänzende Gewand,
das Gott verworfen hat,
als Er, der immer Tiefe war,
ermüdete des Flugs
und sich verbarg vor jedem Jahr,
bis ihm sein wurzelhaftes Haar
durch alle Dinge wuchs.

Herbsttag

Herr: es ist Zeit. Der Sommer war sehr groß.
Leg deinen Schatten auf die Sonnenuhren,
und auf den Fluren lass die Winde los.

Befiehl den letzten Früchten voll zu sein;
gib ihnen noch zwei südlichere Tage,
dränge sie zur Vollendung hin und jage
die letzte Süße in den schweren Wein.

Wer jetzt kein Haus hat, baut sich keines mehr.
Wer jetzt allein ist, wird es lange bleiben,
wird wachen, lesen, lange Briefe schreiben
und wird in den Alleen hin und her
unruhig wandern, wenn die Blätter treiben.

Die Brandstätte

Gemieden von dem Frühherbstmorgen, der
misstrauisch war, lag hinter den versengten
Hauslinden, die das Heidehaus beengten,
ein Neues, Leeres. Eine Stelle mehr,

auf welcher Kinder, von Gott weiß woher,
einander zuschrien und nach Fetzen haschten.
Doch alle wurden stille, sooft er,
der Sohn von hier, aus heißen, halbveraschten

Gebälken Kessel und verbogne Tröge
an einem langen Gabelaste zog, –
um dann mit einem Blick als ob er löge
die andern anzusehn, die er bewog

zu glauben, was an dieser Stelle stand.
Denn seit es nicht mehr war, schien es ihm so
seltsam: phantastischer als Pharao.
Und er war anders. Wie aus fernem Land.

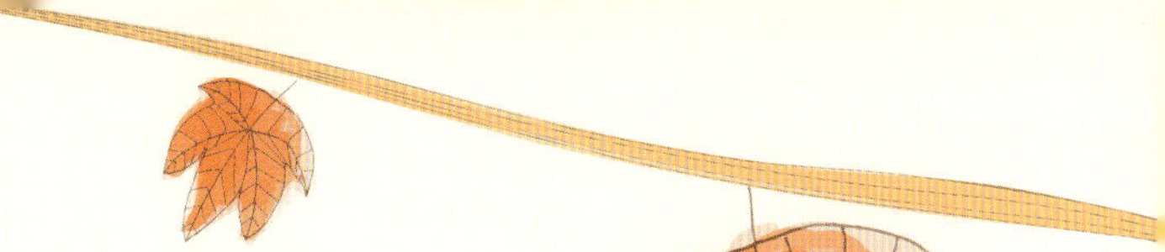

Im Herbst

Ein Riesenspinngewebe, zieht
Altweibersommer durch die Welt sich; –
und der Laurenziberg gefällt sich
im goldig-bräunlichen Habit.

Weil er so mild herübersieht,
sucht müd, gestützt auf Strahlenkrücken,
die Sonne hinter seinem Rücken
schon frühe ihr Valladolid.

Die Nacht liegt duftschwer auf dem Parke ...

Die Nacht liegt duftschwer auf dem Parke,
und ihre Sterne schauen still,
wie schon des Mondes weiße Barke
im Lindenwipfel landen will.

Fern hör ich die Fontäne lallen
ein Märchen, das ich längst vergaß, –
und dann ein leises Apfelfallen
ins hohe, regungslose Gras.

Der Nachtwind schwebt vom nahen Hügel
und trägt durch alte Eichenreihn
auf seinem blauen Falterflügel
den schweren Duft vom jungen Wein.

Der Apfelgarten
Borgeby-Gård

Komm gleich nach dem Sonnenuntergange,
sieh das Abendgrün des Rasengrunds;
ist es nicht, als hätten wir es lange
angesammelt und erspart in uns,

um es jetzt aus Fühlen und Erinnern,
neuer Hoffnung, halbvergessnem Freun,
noch vermischt mit Dunkel aus dem Innern,
in Gedanken vor uns hinzustreun

unter Bäume wie von Dürer, die
das Gewicht von hundert Arbeitstagen
in den überfüllten Früchten tragen,
dienend, voll Geduld, versuchend, wie

das, was alle Maße übersteigt,
noch zu heben ist und hinzugeben,
wenn man willig, durch ein langes Leben
nur das Eine will und wächst und schweigt.

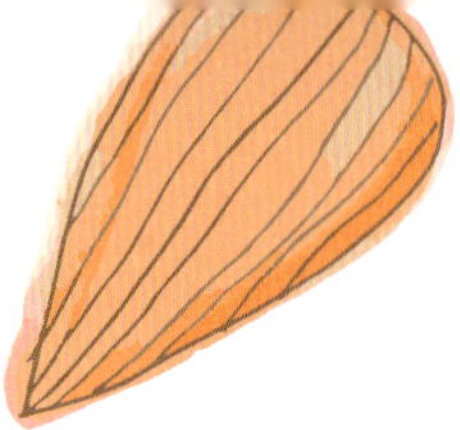

Weißt du, dass ich dir müde Rosen flechte …

Weißt du, dass ich dir müde Rosen flechte
ins Haar, das leis ein weher Wind bewegt –
Siehst du den Mond, wie eine silberechte
Merkmünze, und ein Bild ist eingeprägt:
ein Weib, das lächelnd dunkle Dornen trägt –
Das ist das Zeichen toter Liebesnächte.

Fühlst du die Rosen auf der Stirne sterben?
Und jede lässt die Schwester schauernd los
und muss allein verdarben und verderben,
und alle fallen fahl in deinen Schoß.
Dort sind sie tot. Ihr Leid war leis und groß.
Komm in die Nacht. Und wir sind Rosenerben.

Ich gehe unter roten Zweigen ...

Ich gehe unter roten Zweigen
und suche einen späten Strauß.
Weiß nicht vor Glück wo ein und aus,
mir ist so neu, mir ist so eigen;
mein Lieb ist müd und ist zu Haus.

Jetzt ist mein Mädel erst recht eitel,
seit sich sein Mieder weiter zieht,
und seit ein Wunder ihm geschieht:
Bald hat es breite braune Scheitel
und sitzt und singt ein Wiegenlied.

Im Kreuzgang von Loretto

Still ist es in dem Kreuzgang, in dem alten,
wo über krausen Säulenarabesken
herniederschaun aus halbverwischten Fresken
geheimnisvolle Heiligengestalten.

Wo eine Wachsmadonna, die man zeiht
so manchen gnadenvollen Heilmirakels,
prangt hinterm grauen Glas des Tabernakels
im silberübersäten Seidenkleid.

Spannt über Blättergold Spätsommerhaar
sich draußen auch im Klosterhof Lorettos, –
vor einem Bild im Stile Tintorettos
steht selig still ein junges Liebespaar.

Man merkte: der Herbst kam

Man merkte: der Herbst kam. Der Tag war schnell
erstorben im eigenen Blute.
Im Zwielicht nur glimmte die Blume noch grell
auf der Kleinen verbogenem Hute.

Mit ihrem zerschlissenen Handschuh strich
sie die Hand mir schmeichelnd und leise. –
Kein Mensch in der Gasse als sie und ich ...
Und sie bangte: Du reisest? „Ich reise."

Da stand sie, das Köpfchen voll Abschiedsnot
in den Stoff meines Mantels vergrabend ...
Vom Hütchen nickte die Rose rot,
und es lächelte müde der Abend.

Ich bin so jung. Ich möchte jedem Klange …

Ich bin so jung. Ich möchte jedem Klange,
der mir vorüberrauscht, mich schauernd schenken,
und willig in des Windes liebem Zwange,
wie Windendes über dem Gartengange,
will meine Sehnsucht ihre Ranken schwenken.

Und jeder Rüstung bar will ich mich brüsten,
solang ich fühle, wie die Brust sich breitet.
Denn es ist Zeit, sich reisig auszurüsten,
wenn aus der frühen Kühle dieser Küsten
der Tag mich in die Binnenlande leitet.

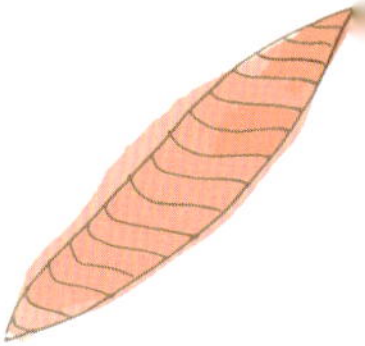

Es kommt in prunkenden Gebreiten

Es kommt in prunkenden Gebreiten
der Abend wie ein leiser Gott.
Den Rappen vor! Jetzt will ich reiten
durch purpurbunte Einsamkeiten
in bügelleichtem Träumertrott.

Ich atme tief. Ich werde Kaiser.
Mein heller Helm ist losgeschnallt,
und meine Stirne streifen Reiser
und rauschen so. Und leiser, leiser
hallt Huf und Ruf im roten Wald.

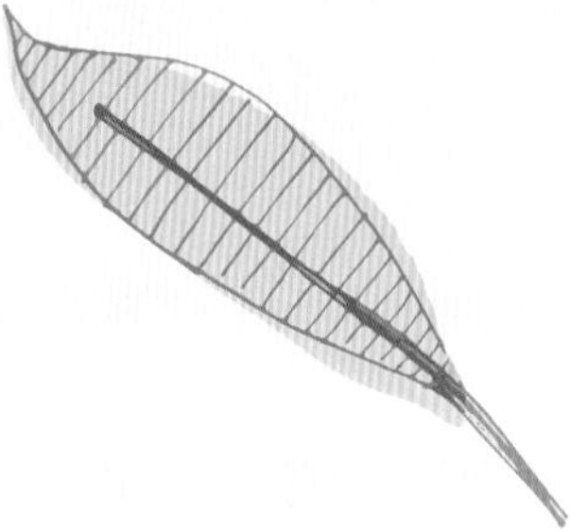

Bangnis

Im welken Walde ist ein Vogelruf,
der sinnlos scheint in diesem welken Walde.
Und dennoch ruht der runde Vogelruf
in dieser Weile, die ihn schuf,
breit wie ein Himmel auf dem welken Walde.
Gefügig räumt sich alles in den Schrei:
Das ganze Land scheint lautlos drin zu liegen,
der große Wind scheint sich hineinzuschmiegen,
und die Minute, welche weiter will,
ist bleich und still, als ob sie Dinge wüsste,
an denen jeder sterben müsste,
aus ihm herausgestiegen.

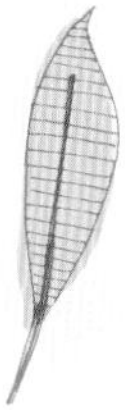

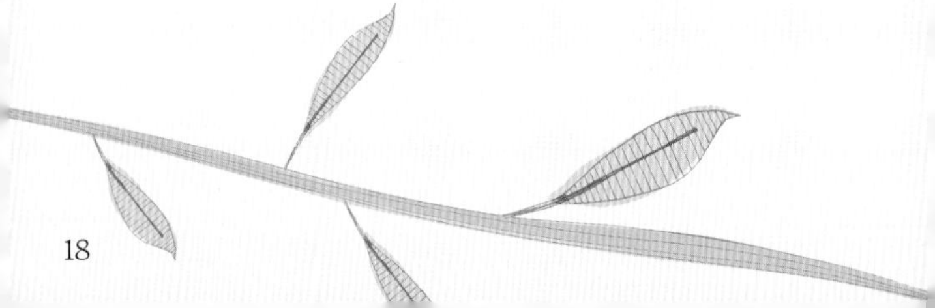

Du wolltest wie die andern sein

Du wolltest wie die andern sein,
die sich scheu in Kühle kleiden;
deine Seele wollte seiden
ihre müden Mädchenleiden
weiterblühn am Lebensrain.
Aber tief aus deinem Kranken
wagte eine Kraft zu ranken, –
Sonnen lohten, Samen sanken:
und du wurdest wie der Wein.

Und jetzt bist du süß und satt
wie ein Abend auf uns allen, –
und wir fühlen, wie wir fallen,
und du machst uns alle matt ...

Das ist dort, wo die letzten Hütten sind

Das ist dort, wo die letzten Hütten sind
und neue Häuser, die mit engen Brüsten
sich drängen aus den bangen Baugerüsten
und wissen wollen, wo das Feld beginnt.

Dort bleibt der Frühling immer halb und blass,
der Sommer fiebert hinter diesen Planken;
die Kirschenbäume und die Kinder kranken,
und nur der Herbst hat dorten irgendwas

Versöhnliches und Fernes; manchesmal
sind seine Abende von sanftem Schmelze:
die Schafe schummern, und der Hirt im Pelze
lehnt dunkel an dem letzten Lampenpfahl.

Herbst

Die Blätter fallen, fallen wie von weit,
als welkten in den Himmeln ferne Gärten;
sie fallen mit verneinender Gebärde.

Und in den Nächten fällt die schwere Erde
aus allen Sternen in die Einsamkeit.

Wir alle fallen. Diese Hand da fällt.
Und sieh dir andre an: es ist in allen.

Und doch ist Einer, welcher dieses Fallen
unendlich sanft in seinen Händen hält.

Denn das verstandest du: die vollen Früchte

Denn das verstandest du: die vollen Früchte.
Die legtest du auf Schalen vor dich hin
und wogst mit Farben ihre Schwere auf.
Und so wie Früchte sahst du auch die Fraun
und sahst die Kinder so, von innen her
getrieben in die Formen ihres Daseins.
Und sahst dich selbst zuletzt wie eine Frucht,
nahmst dich heraus aus deinen Kleidern, trugst
dich vor den Spiegel, ließest dich hinein
bis auf dein Schauen; das blieb groß davor
und sagte nicht: das bin ich; nein: dies ist.
So ohne Neugier war zuletzt dein Schaun
und so besitzlos, von so wahrer Armut,
dass es dich selbst nicht mehr begehrte: heilig.

Wie der Wächter in den Weingeländen

Wie der Wächter in den Weingeländen
seine Hütte hat und wacht,
bin ich Hütte, Herr, in deinen Händen
und bin Nacht, o Herr, von deiner Nacht.

Weinberg, Weide, alter Apfelgarten,
Acker, der kein Frühjahr überschlägt,
Feigenbaum, der auch im marmorharten
Grunde hundert Früchte trägt:

Duft geht aus aus deinen runden Zweigen.
Und du fragst nicht, ob ich wachsam sei;
furchtlos, aufgelöst in Säften, steigen
deine Tiefen still an mir vorbei.

Denn Gärten sind, – von Königen gebaut ...

Denn Gärten sind, – von Königen gebaut,
die eine kleine Zeit sich drin vergnügten
mit jungen Frauen, welche Blumen fügten
zu ihres Lachens wunderlichem Laut.
Sie hielten diese müden Parke wach;
sie flüsterten wie Lüfte in den Büschen,
sie leuchteten in Pelzen und in Plüschen,
und ihrer Morgenkleider Seidenrüschen
erklangen auf dem Kiesweg wie ein Bach.

Jetzt gehen ihnen alle Gärten nach –
und fügen still und ohne Augenmerk
sich in des fremden Frühlings helle Gammen
und brennen langsam mit des Herbstes Flammen
auf ihrer Äste großem Rost zusammen,
der kunstvoll wie aus tausend Monogrammen
geschmiedet scheint zu schwarzem Gitterwerk.

Und durch die Gärten blendet der Palast
(wie blasser Himmel mit verwischtem Lichte),
in seiner Säle welke Bilderlast
versunken wie in innere Gesichte,
fremd jedem Feste, willig zum Verzichte
und schweigsam und geduldig wie ein Gast.

Das war der Tag der weißen Chrysanthemen ...

Das war der Tag der weißen Chrysanthemen, –
mir bangte fast vor seiner schweren Pracht ...
Und dann, dann kamst du mir die Seele nehmen
tief in der Nacht.

Mir war so bang, und du kamst lieb und leise, –
ich hatte grad im Traum an dich gedacht.
Du kamst, und leis wie eine Märchenweise
erklang die Nacht ...

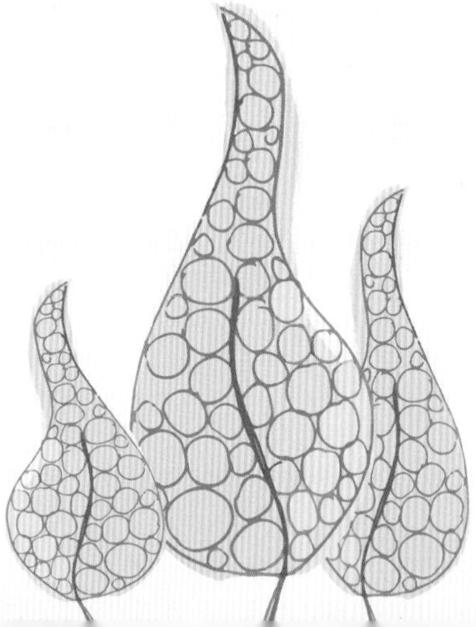

Wir gingen unter herbstlich bunten Buchen …

Wir gingen unter herbstlich bunten Buchen,
vom Abschiedsweh die Augen Beide rot …
„Mein Liebling, komm, wir wollen Blumen suchen.“
Ich sagte bang: „Die sind schon tot.“

Mein Wort war lauter Weinen. – In den Äthern
stand kindisch lächelnd schon ein blasser Stern.
Der matte Tag ging sterbend zu den Vätern,
und eine Dohle schrie von fern. –

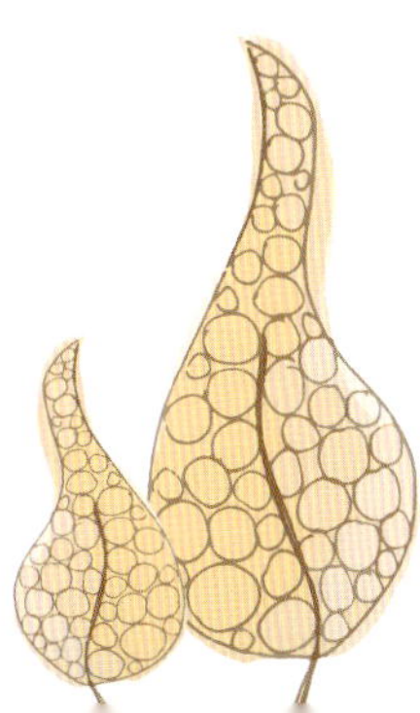

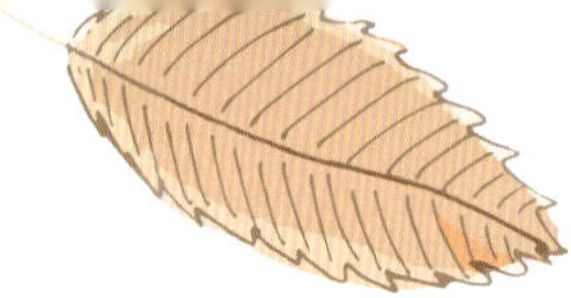

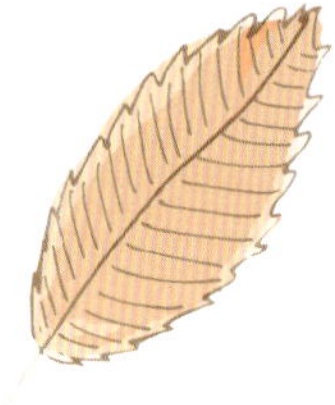

Im Frühling oder im Traume ...

Im Frühling oder im Traume
bin ich dir begegnet einst,
und jetzt gehen wir zusamm durch den Herbsttag,
und du drückst mir die Hand und weinst.

Weinst du ob der jagenden Wolken?
Ob der blutroten Blätter? Kaum.
Ich fühl es: du warst einmal glücklich
im Frühling oder im Traum ...

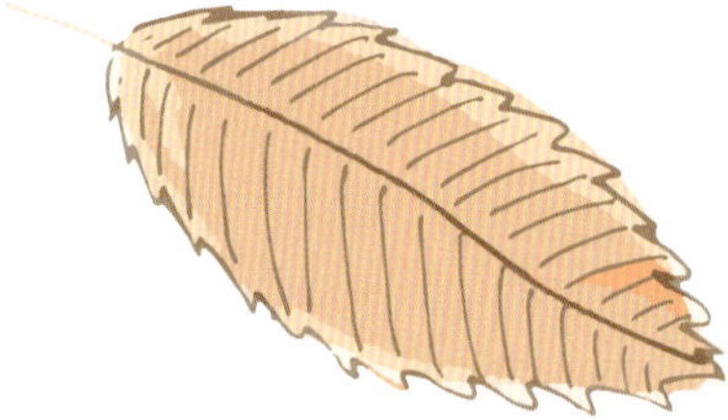

Glaubt mir, dass ich, matt vom Kranken ...

Glaubt mir, dass ich, matt vom Kranken,
keinen lauten Lenz mehr mag, –
will nur einen sonnenblanken,
wipfelroten Frühherbsttag.

Will die Lust, die jubelschrille,
nicht mehr in die Brust zurück, –
will nur Sterbestubenstille
drinnen – für mein totes Glück.

Im Birkenwald

Und neben der Heide stand in weiten Streifen ein weiches, wehendes Gras, blass, blond, immer bewegt, und ohne Glanz. Im Herbst vor allem war es so. Die Birken standen da und konnten, gleich weiß verkleideten Heiligen, das Licht kaum unterdrücken, das in ihnen war. Ihre Stämme enthielten alles Weiß der Welt, nach geheimnisvollen Gesetzen geordnet. Da war das Weiß der Lilien, in dem immer etwas vom Mondschein schimmert, da war das schattige Weiß, wie es im menschlichen Auge ist, und das rötliche, gleichsam erregte Weiß mancher Rosenblätter. Da waren Weiße, die nie jemand gesehen hatte, und die man nicht nennen konnte; so besonders waren sie. Und wenn man zu Füßen der Birke nur ein wenig die Erde hob, so sah man Wurzeln, gekleidet in ein großes, rauschendes Rot, das Rot mächtiger Könige, das Rot Tizians und Veroneses. Und man hatte das Gefühl, als müsste man nur irgendwo die schwankende Kruste dieses Landes aufreißen, um die Farben aller Feste und den Glanz urweltlicher Sommertage an die hundert Wurzeln gebunden zu finden.

Was für ein Herbst!

Neulich, am Morgen, begegnete mir die Frau Nachbarin. Wir begrüßten uns. „Was für ein Herbst!“, sagte sie nach einer Pause und blickte nach dem Himmel auf. Ich tat desgleichen. Der Morgen war allerdings sehr klar und köstlich für Oktober. Plötzlich fiel mir etwas ein: „Was für ein Herbst!“, rief ich und schwenkte ein wenig mit den Händen. Und die Frau Nachbarin nickte beifällig.

Fürchte dich nicht, sind die Astern auch alt

Fürchte dich nicht, sind die Astern auch alt,
streut der Sturm auch den welkenden Wald
in den Gleichmut des Sees, –
die Schönheit wächst aus der engen Gestalt;
sie wurde reif, und mit milder Gewalt
zerbricht sie das alte Gefäß.

Sie kommt aus den Bäumen
in mich und in dich,
nicht um zu ruhn;
der Sommer ward ihr zu feierlich.
Aus vollen Früchten flüchtet sie sich
und steigt aus betäubenden Träumen
arm ins tägliche Tun.

Vorgefühl

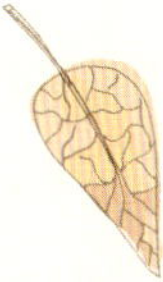

Ich bin wie eine Fahne von Fernen umgeben.
Ich ahne die Winde, die kommen, und muss sie
leben,
während die Dinge unten sich noch nicht rühren:
die Türen schließen noch sanft, und in den Kaminen
ist Stille;
die Fenster zittern noch nicht, und der Staub ist
noch schwer.

Da weiß ich die Stürme schon und bin erregt
wie das Meer.
Und breite mich aus und falle in mich hinein
und werfe mich ab und bin ganz allein
in dem großen Sturm.

Im flachen Land war ein Erwarten

Im flachen Land war ein Erwarten
nach einem Gast, der niemals kam;
noch einmal fragt der bange Garten,
dann wird sein Lächeln langsam lahm.

Und in den müßigen Morästen
verarmt im Abend die Allee,
die Äpfel ängsten an den Ästen,
und jeder Wind tut ihnen weh.

Da steht er gestützt am Turm

Da steht er gestützt am Turm.
Nur die Wipfel und Fahnen
können sein Warten ahnen,
und sie flüstern sich furchtsam: der Sturm.

Das hören die Birken, zart,
und stemmen sich Stamm zum Stamme;
wie eine farblose Flamme
flattert sein Bart.

Und dann wissen's die Kinder schon,
suchen der Mutter Mienen.
Wie von wilden Bienen
ist in der Luft ein Ton.

Dich wundert nicht des Sturmes Wucht …

Dich wundert nicht des Sturmes Wucht, –
du hast ihn wachsen sehn; –
die Bäume flüchten. Ihre Flucht
schafft schreitende Alleen.
Da weißt du, der, vor dem sie fliehn,
ist der, zu dem du gehst,
und deine Sinne singen ihn,
wenn du am Fenster stehst.

Des Sommers Wochen standen still,
es stieg der Bäume Blut;
jetzt fühlst du, dass es fallen will
in den, der Alles tut.
Du glaubtest schon erkannt die Kraft,
als du die Frucht erfasst,
jetzt wird sie wieder rätselhaft,
und du bist wieder Gast.

Der Sommer war so wie dein Haus,
drin weißt du alles stehn –
jetzt musst du in dein Herz hinaus
wie in die Ebene gehn.
Die große Einsamkeit beginnt,
die Tage werden taub,
aus deinen Sinnen nimmt der Wind
die Welt wie welkes Laub.

Durch ihre leeren Zweige sieht
der Himmel, den du hast;
sei Erde jetzt und Abendlied
und Land, darauf er passt.
Demütig sei jetzt wie ein Ding,
zu Wirklichkeit gereift, –
dass Der, von dem die Kunde ging,
dich fühlt, wenn er dich greift.

Der Schauende

Ich sehe den Bäumen die Stürme an,
die aus laugewordenen Tagen
an meine ängstlichen Fenster schlagen,
und höre die Fernen Dinge sagen,
die ich nicht ohne Freund ertragen,
nicht ohne Schwester lieben kann.

Da geht der Sturm, ein Umgestalter,
geht durch den Wald und durch die Zeit,
und alles ist wie ohne Alter:
Die Landschaft, wie ein Vers im Psalter,
ist Ernst und Wucht und Ewigkeit.

Wie ist das klein, womit wir ringen,
was mit uns ringt, wie ist das groß;
ließen wir, ähnlicher den Dingen,
uns so vom großen Sturm bezwingen, –
wir würden weit und namenlos.

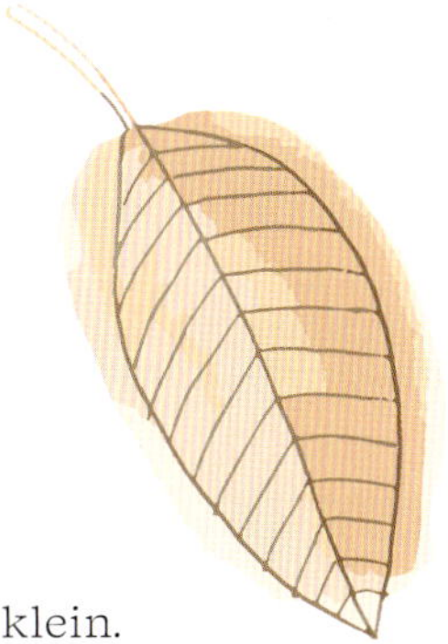

Was wir besiegen, ist das Kleine,
und der Erfolg selbst macht uns klein.
Das Ewige und Ungemeine
will nicht von uns gebogen sein.
Das ist der Engel, der den Ringern
des Alten Testaments erschien:
Wenn seiner Widersacher Sehnen
im Kampfe sich metallen dehnen,
fühlt er sie unter seinen Fingern
wie Saiten tiefer Melodien.

Wen dieser Engel überwand,
welcher so oft auf Kampf verzichtet,
der geht gerecht und aufgerichtet
und groß aus jener harten Hand,
die sich, wie formend, an ihn schmiegte.
Die Siege laden ihn nicht ein.
Sein Wachstum ist: Der Tiefbesiegte
von immer Größerem zu sein.

Die Nacht, vom wachsenden Sturme bewegt ...

Die Nacht, vom wachsenden Sturme bewegt,
wie wird sie auf einmal weit, –
als bliebe sie sonst zusammengelegt
in die kleinlichen Falten der Zeit.
Wo die Sterne ihr wehren, dort endet sie nicht
und beginnt nicht mitten im Wald
und nicht an meinem Angesicht
und nicht mit deiner Gestalt.
Die Lampen stammeln und wissen nicht:
lügen wir Licht?
Ist die Nacht die einzige Wirklichkeit
seit Jahrtausenden ...

Der Sturm will herein

Der Sturm will herein,
ihm ist bang in den Bäumen.
Und ich bin allein
und traurig von Träumen,
die ich durchlitt.
Und sehne mich längst:
nicht sinnen und säumen, –
wie einen Hengst
ihn zähmen und zäumen
zu berauschendem Ritt.
Und des Sturmes Schritt
soll in leichtem befreiendem Wagen
weit an die Wipfel der Wälder schlagen,
über Wasser und Wall, über Nachten und Tagen,
über Hüttenhocken und Kirchenragen,
über Tiefen und Türme tragen!

Und *du* komm hoch! Meinem jubelnden Jagen
raub ich dich mit.

Du warst so kinderweiß in deiner Seide

Du warst so kinderweiß in deiner Seide,
ich aber wollte dich zu meiner Königin;
und ging hinaus zum wilden Wuchs der Weide
und sagte ihr, dass ich der Herbststurm bin ...:

Da gab sie gerne ihre Gerten hin.

Ich feierte ein Fest der Flagellanten,
und als die Narben in den Nächten brannten, –
lies ich dir leise von den roten Ruten
den Purpur um die weißen Schultern bluten,

bis alle meine Königin erkannten.

Herbst-Abend

Wind aus dem Mond,
plötzlich ergriffene Bäume
und ein tastend fallendes Blatt.
Durch die Zwischenräume
drängt die schwarze Landschaft der Fernen
in die unentschlossene Stadt.

Solang du Selbstgeworfnes fängst, ist alles …

Solang du Selbstgeworfnes fängst, ist alles
Geschicklichkeit und lässlicher Gewinn –;
erst wenn du plötzlich Fänger wirst des Balles,
den eine ewige Mit-Spielerin
dir zuwarf, deiner Mitte, in genau
gekonntem Schwung, in einem jener Bögen
aus Gottes großem Brücken-Bau:
erst dann ist Fangen-Können ein Vermögen, –
nicht deines, einer Welt. Und wenn du gar
zurückzuwerfen Kraft und Mut besäßest,
nein, wunderbarer: Mut und Kraft vergäßest
und schon geworfen *hättest* ..... (wie das Jahr
die Vögel wirft, die Wandervogelschwärme,
die eine ältre einer jungen Wärme
hinüberschleudert über Meere –) erst
in diesem Wagnis spielst du gültig mit.
Erleichterst dir den Wurf nicht mehr; erschwerst
dir ihn nicht mehr. Aus deinen Händen tritt
das Meteor und rast in seine Räume …

So wie Jakob mit dem Engel rang

So wie Jakob mit dem Engel rang
ringt der Weinstock mit dem Sonnen-Riesen,
diesen großen Sommertag und diesen
Tag im Herbst, bis an den Untergang.

Der gelockte schöne Weinstock ringt.
Aber abends, langsam losgelassen,
fühlt er, wie aus dem Herüberfassen
jener Arme ihn die Kraft durchdringt,

wider die er, wie ein Knabe, drängte;
ganz gemischt mit seinem Widerstand,
wird sie nun in ihm das Unumschränkte …
Und der Sieg bleibt rein und unerkannt.

Wo, in welchen immer selig bewässerten Gärten …

Wo, in welchen immer selig bewässerten Gärten,
    an welchen
Bäumen, aus welchen zärtlich entblätterten
    Blüten-Kelchen
reifen die fremdartigen Früchte der Tröstung? Diese
köstlichen, deren du eine vielleicht in der zertretenen
    Wiese

deiner Armut findest. Von einem zum anderen Male
wunderst du dich über die Größe der Frucht,
über ihr Heilsein, über die Sanftheit der Schale,
und dass sie der Leichtsinn des Vogels dir nicht
    vorwegnahm und nicht die Eifersucht

unten des Wurms. Gibt es denn Bäume, von Engeln beflogen,
und von verborgenen langsamen Gärtnern so seltsam gezogen,
dass sie uns tragen, ohne uns zu gehören?

Haben wir niemals vermocht, wir Schatten und Schemen,
durch unser voreilig reifes und wieder welkes Benehmen
jener gelassenen Sommer Gleichmut zu stören?

Voller Apfel, Birne und Banane

Voller Apfel, Birne und Banane,
Stachelbeere … Alles dieses spricht
Tod und Leben in den Mund … Ich ahne …
Lest es einem Kind vom Angesicht,

wenn es sie erschmeckt. Dies kommt von weit.
Wird euch langsam namenlos im Munde?
Wo sonst Worte waren, fließen Funde,
aus dem Fruchtfleisch überrascht befreit.

Wagt zu sagen, was ihr Apfel nennt.
Diese Süße, die sich erst verdichtet,
um, im Schmecken leise aufgerichtet,

klar zu werden, wach und transparent,
doppeldeutig, sonnig, erdig, hiesig –:
O Erfahrung, Fühlung, Freude –, riesig!

Die Frucht

Das stieg zu ihr aus Erde, stieg und stieg,
und war verschwiegen in dem stillen Stamme
und wurde in der klaren Blüte Flamme,
bis es sich wiederum verschwieg.

Und fruchtete durch eines Sommers Länge
in dem bei Nacht und Tag bemühten Raum,
und kannte sich als kommendes Gedränge
wider den teilnahmsvollen Raum.

Und wenn es jetzt im rundenden Ovale
mit seiner vollgewordnen Ruhe prunkt,
stürzt es, verzichtend, innen in der Schale
zurück in seinen Mittelpunkt.

Wenn deine Augen ruhn

Wenn deine Augen ruhn
und wenn sie noch so müd waren,
sie können wieder steigen.
... Meine schweigen.
Meine Blumen werden die Farbe verlieren.
Meine Spiegel werden zufrieren.
In meinen Büchern werden die Zeilen verwachsen.
Meine Vögel werden in den Gassen
herumflattern und sich an fremden Fenstern
verwunden.
Nichts ist mehr mit mir verbunden.
Ich bin von allem verlassen. –
Ich bin eine Insel.

Herbststimmung

Die Luft ist lau, wie in dem Sterbezimmer,
an dessen Türe schon der Tod steht still;
auf nassen Dächern liegt ein blasser Schimmer,
wie der der Kerze, die verlöschen will.

Das Regenwasser röchelt in den Rinnen,
der matte Wind hält Blätterleichenschau; –
und wie ein Schwarm gescheuchter Bekassinen
ziehn bang die kleinen Wolken durch das Grau.

Jar. Vrchlický

Ich lehn im Armstuhl, im bequemen,
wo oft ich Ungemach vergaß,
müd nicken krause Chrysanthemen
im hohen Venezianerglas.

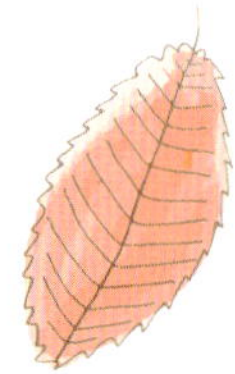

Ich las in einem Band Gedichte
gar lange; wie die Zeit entschwand!
Jetzt erst im Abenddämmerlichte
leg ich sie selig aus der Hand.

Mir ist, von göttlichen Problemen
hätt ich die Lösung jetzt erlauscht, –
hat mich der Hauch der Chrysanthemen,
hat mich Vrchlickýs Buch berauscht?

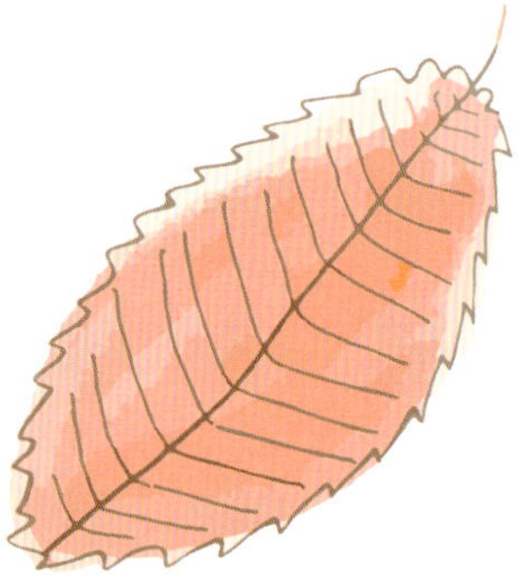

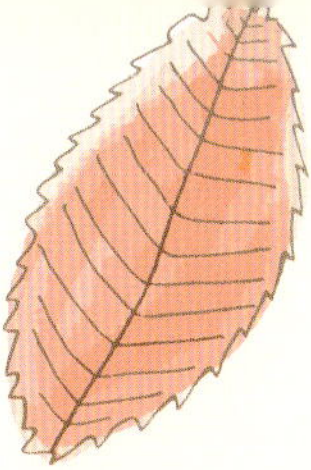

Im Stübchen

Traut ists, wenn verstohlen heulen
im Kamine wilde Winde
in der Stube; ganz gelinde
tickt auf dem barocken Spinde
fort die Stockuhr mit den Säulen.

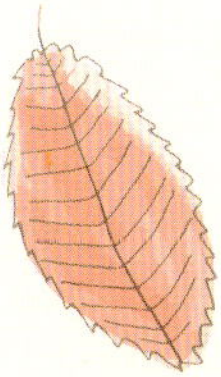

Dort, die kleine Silhouette
zeigt die alte Tracht der Locken,
tief im Fenster steht ein Rocken,
und vergessne Töne stocken
im verlassenen Spinette.

Immer noch liegt die Postille,
dass an ihrem Geist erfrische
jung und alt sich, auf dem Tische,
und der Spruch ob jener Nische
lautet: „Es gescheh Dein Wille ...“

Auf dem Wolschan
Am Abend des Tages von Allerseelen

I
Die dürren Äste übergittern
des Himmels abendblasse Scheiben;
und über Grüfte, reich mit Flittern
geschmückt, geht Wehmut, und es zittern
die Lichter durch das Blättertreiben.

Im müden Blau, im regungslosen,
schwimmt fern der Mond. Die Lebensbäume,
die seine blanke Stirne kosen,
sind schwarz. Der Duft von welken Rosen
schleicht her wie Geister toter Träume.

II
Ferner Lärm vom Wagendamm. –
Hier keimt Friede und Vergessen,
zwischen zweien Grabzypressen
hangt der Mond wie ein Tam-Tam.

Schlägt die Ewigkeit nicht sacht
jetzt daran mit schwarzem Schwengel?
Bange schaut ein Marmorengel
in das Aug der Spätherbstnacht.

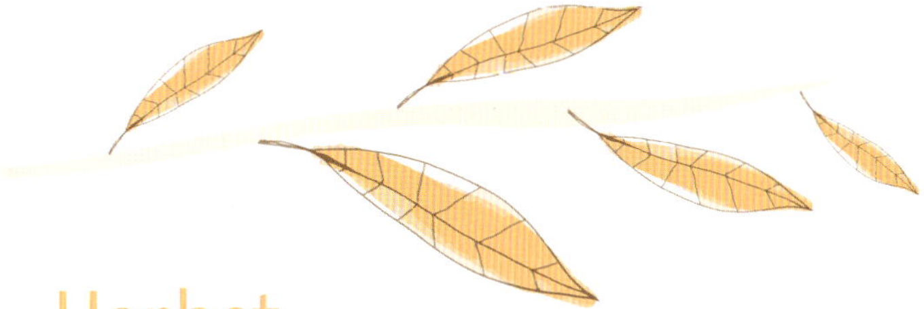

Herbst

Oh hoher Baum des Schauns, der sich entlaubt:
nun heißts gewachsen sein dem Übermaße
von Himmel, das durch seine Äste bricht.
Erfüllt vom Sommer, schien er tief und dicht,
uns beinah denkend, ein vertrautes Haupt.
Nun wird sein ganzes Innere zur Straße
des Himmels. Und der Himmel kennt uns nicht.

Ein Äußerstes: dass wir wie Vogelflug
uns werfen durch das neue Aufgetane,
das uns verleugnet mit dem Recht des Raums,
der nur mit Welten umgeht. Unsres Saums
Wellen-Gefühle suchen nach Bezug
und trösten sich im Offenen als Fahne –

. . . .

Aber ein Heimweh meint das Haupt des Baums.

Allerseelen

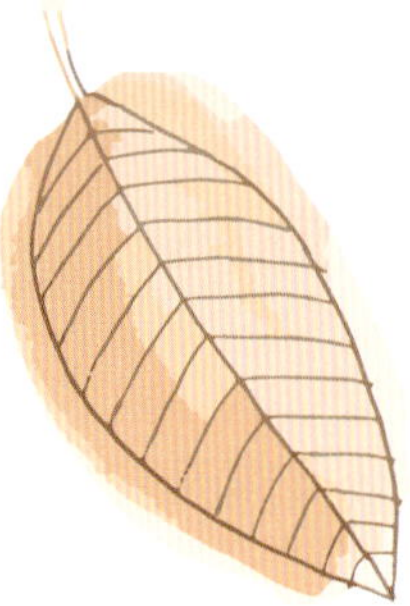

I
Rings liegt der Tag von Allerseelen
voll Wehmut und voll Blütenduft,
und hundert bunte Lichter schwelen
vom Feld des Friedens in die Luft.

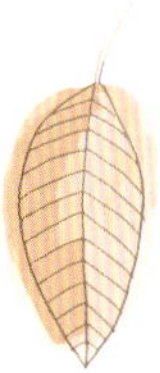

Sie senden Palmen heut und Rosen;
der Gärtner ordnet sie mit Sinn –
und kehrt zum Eck der Glaubenslosen
die alten, welken Blumen hin.

II
„Jetzt beten, Willy, – und nicht reden!"
Mit großem Aug gehorcht der Knab.
Der Vater legt den Kranz Reseden
auf seines armen Weibes Grab.

„Die Mutter schläft hier! Mach ein Kreuz nun!"
Klein-Willy sieht empor und macht
wie ihm befohlen. Ach, ihn reuts nun,
dass er am Weg heraus gelacht!

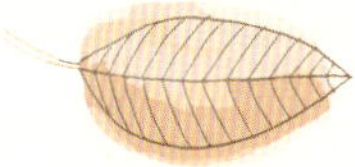

Es sticht im Auge ihn – wie Weinen ...
Dann gehn sie heimwärts durch die Nacht;
ganz ernst und stumm. Da lockt den Kleinen
beim Ausgang jäh der Buden Pracht.

Es blinkt durch den Novembernebel
herüber lichtbeglänzter Tand;
er sieht dort Pferdchen, Helme, Säbel
und küsst dem Vater leis die Hand.

Und der versteht. Dann gehen sie weiter ...
Der Vater sieht so traurig aus. –
Doch einen Pfefferkuchenreiter
schleppt Willy selig sich nach Haus.

Es muss also Herbst sein

Und der Mut ist so müde geworden und die Sehnsucht so groß. Es gibt keine Berge mehr, kaum einen Baum. Nichts wagt aufzustehen. Fremde Hütten hocken durstig an versumpften Brunnen. Nirgends ein Turm. Und immer das gleiche Bild. Man hat zwei Augen zuviel. Nur in der Nacht manchmal glaubt man den Weg zu kennen. Vielleicht kehren wir nächtens immer wieder das Stück zurück, das wir in der fremden Sonne mühsam gewonnen haben? Es kann sein. Die Sonne ist schwer, wie bei uns tief im Sommer. Aber wir haben im Sommer Abschied genommen. Die Kleider der Frauen leuchteten lang aus dem Grün. Und nun reiten wir lang. Es muss also Herbst sein. Wenigstens dort, wo traurige Frauen von uns wissen.

Im Herbst, wenn die Ernten zu Ende gehen

Dann singt er. Und das ist ein altes trauriges Lied, das zu Hause die Mädchen auf den Feldern singen, im Herbst, wenn die Ernten zu Ende gehen.

Der Novembertag

Kalter Herbst vermag den Tag zu knebeln,
seine tausend Jubelstimmen schweigen;
hoch vom Domturm wimmern gar so eigen
Sterbeglocken in Novembernebeln.

Auf den nassen Dächern liegt verschlafen
weißes Dunstlicht; und mit kalten Händen
greift der Sturm in des Kamines Wänden
eines Totenkarmens Schlussoktaven.

Spätherbst in Venedig

Nun treibt die Stadt schon nicht mehr wie ein Köder,
der alle aufgetauchten Tage fängt.
Die gläsernen Paläste klingen spröder
an deinen Blick. Und aus den Gärten hängt

der Sommer wie ein Haufen Marionetten
kopfüber, müde, umgebracht.
Aber vom Grund aus alten Waldskeletten
steigt Willen auf: als sollte über Nacht

der General des Meeres die Galeeren
verdoppeln in dem wachen Arsenal,
um schon die nächste Morgenluft zu teeren

mit einer Flotte, welche ruderschlagend
sich drängt und jäh, mit allen Flaggen tagend,
den großen Wind hat, strahlend und fatal.

November in Worpswede

So brach der erste Worpsweder Winter an. In dem großen Bauernhofe der Witwe Behrens wurde den jungen Malern ein wohnliches Heim bereitet, und man hielt sie dort wie die Söhne des Hauses. Hans am Ende war nur zeitweilig da, aber die beiden anderen erlebten das ganze langsame Verklingen des Herbstes, gingen zusammen durch die großen Stürme des Novembers und fanden sich an den langen Abenden, wenn der Teekessel summte, in der warmen wohnlichen Stube ein. War man im Sommer und Herbst meistens schweigend draußen umhergegangen, jeder für sich suchend, findend und lauschend, so kam nun eine Zeit der Gespräche und der Auseinandersetzungen, die sich oft in dem vom Qualm der langen Pfeifen ganz unwegsam gewordenen Zimmer weit in die stürmische Nacht hinein ausdehnten.

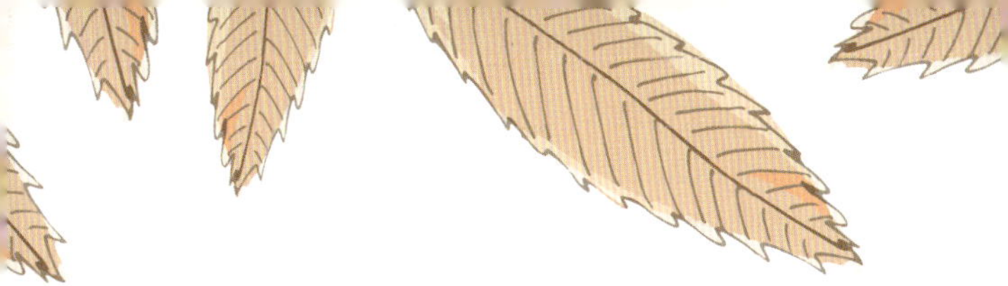

Ende des Herbstes

Ich sehe seit einer Zeit,
wie alles sich verwandelt.
Etwas steht auf und handelt
und tötet und tut Leid.

Von Mal zu Mal sind all
die Gärten nicht dieselben;
von den gilbenden zu der gelben
langsamem Verfall:
wie war der Weg mir weit.

Jetzt bin ich bei den leeren
und schaue durch alle Alleen.
Fast bis zu den fernen Meeren
kann ich den ernsten schweren
verwehrenden Himmel sehn.

VERLAGSGRUPPE PATMOS

PATMOS
ESCHBACH
GRÜNEWALD
THORBECKE
SCHWABEN
VER SACRUM

Die Verlagsgruppe
mit Sinn für das Leben

Die Verlagsgruppe Patmos ist sich ihrer Verantwortung gegenüber unserer Umwelt bewusst. Wir folgen dem Prinzip der Nachhaltigkeit und streben den Einklang von wirtschaftlicher Entwicklung, sozialer Sicherheit und Erhaltung unserer natürlichen Lebensgrundlagen an. Näheres zur Nachhaltigkeitsstrategie der Verlagsgruppe Patmos auf unserer Website www.verlagsgruppe-patmos.de/nachhaltig-gut-leben

Gestaltung: Finken & Bumiller, Stuttgart
Druck: Finidr s.r.o., Český Těšín
Hergestellt in Tschechien
ISBN 978-3-7995-1588-7

MIX
Papier aus verantwortungsvollen Quellen
FSC® C014138
FSC www.fsc.org

Illustrationen:
Ana Šparavec, Pixabay

Textnachweis:
Die Gedichte und Gedichtpassagen sind den folgenden Gedichtsammlungen und -zyklen von Rainer Maria Rilke entnommen:
Das Stunden-Buch: Seite 4, 6, 23, 24, 36;
Mir zur Feier: Seite 5, 17, 19, 20, 32, 34, 35;
Das Buch der Bilder: Seite 7, 18, 21, 33, 38, 40 (aus: Aus einer Sturmnacht), 50 (aus: Die Blinde), 63;
Der neuen Gedichte anderer Teil: Seite 8, 11, 61;
Larenopfer: Seite 9, 14, 51, 52, 53, 54, 56, 60;
Traumgekrönt: Seite 10, 15, 26, 27, 28, 29;
Advent: Seite 12, 13, 16;
Requiem: Seite 22 (aus: Für eine Freundin);
Worpswede: Seite 30, 62;
Geschichten vom lieben Gott: Seite 31;
Dir zur Feier: Seite 41, 42;
Gedichte 1906–1926: Seite 43, 44, 45, 49, 55;
Die Sonette an Orpheus: Seite 46, 48;
Die Weise von Liebe und Tod des Cornets Christoph Rilke: Seite 58, 59.

Klimaneutral
Druckprodukt
ClimatePartner.com/14549-2003-1001